AF233549

# ATTENTAT

## CONTRE LE

# DROIT DES GENS.

PRIX : 50 CENTIMES.

PARIS,

CHEZ TOUS LES LIBRAIRES.

1847

A MONSIEUR

*Le prince de la Moskowa.*

———

# ATTENTAT

## CONTRE

# LE DROIT DES GENS.

> Les Polonais trouveront dans la légitimité de leurs
> droits, dans la sainteté de leur cause, ce qu'il leur faudra
> de courage et de persévérance pour résistsr à l'oppres-
> siou; le sang des victimes enfantera des héros. Il y a
> des pays où la tradition de l'héroïsme ne se perd pas.
>
> (De la Moskowa.)

Au lieu de nous livrer à de stériles vœux,
Allons plutôt venger un peuple malheureux ;
Ne soyons point ingrats, qu'un élan électrique
Vienne enflammer nos cœurs d'un amour sympathique,
Pour nous, il l'a prouvé dans plus de cent combats,
Il répandit son sang, ne l'abandonnons pas ;
Le moment est venu d'acquitter une dette,
Pour les grands dévoûments la France est toujours prête,

Aux opprimés toujours elle tendit la main,
Quand il fallut briser un ponvoir inhumain.
Arrachons, s'il se peut, au bourreau sa victime,
Ne l'abandonnons pas, épargnons-nous ce crime ;
Montrons-nous aujourd'hui, frères comme autrefois,
L'égoïsme ne fut compris que par les rois.


Trois tyrans couronnés, monstres à face humaine,
Rassasiaient sur lui leur appétit d'hyène,
Employant chaque jour, sûrs de l'impunité,
Tous les raffinements de la férocité.
Les tortures, le vol, le meurtre et le pillage,
Enfin, tout ce que peut inventer un sauvage,
Tout était pratiqué sur ce peuple martyr ;
Pour le mieux enchaîner, il fallait l'abrutir.
Malgré le désespoir des mères eplorées,
Ils transplantaient au loin, dans de froides contrées,
L'adulte de quinze ans, pour qu'il pût, au milieu
Des déserts, oublier son nom, sa foi, son Dieu.
S'ingéniant ainsi, dans leur haine implacable,
A frapper ce qui fut toujours insaisissable.

Après l'avoir réduit à l'état de troupeau,
Ils voulaient le sceller vivant dans un tombeau ;
Ils voulaient plus encor (que le ciel les confonde)
Ils voulaient l'effacer de la carte du monde,
Pour que le voyageur put dire un jour: C'est là,
Dans ces champs, qu'autrefois la Pologne exista :
Pour atteindre ce but, dans leur soif de carnage,
Ils ne respectaient rien, pas même ceux que l'âge
Aurait dû protéger ; des hordes de pillards
Maltraitaient les enfants, insultaient les vieillards,
Et pour mieux réussir dans leurs projets infâmes,
Par leur hideux contact ils meurtrissaient les femmes,
N'écoutant que l'instinct de la brutalité.
Ce ramas de bandits, bravant l'humanité,
Par force pénétraient dans le sein des familles,
Armés, pour se vautrer sur la pudeur des filles.
Tous ceux qui murmuraient sous ce sceptre de fer,
Connaissaient les cachots humides du Spielberg;
Ou bien, oh! j'en frémis, transformés en machines,
Ils se voyaient plongés dans les enfers des mines (1).

---

(1) Le nombre des polonais exilés en Sibérie dépasse cinquante mille.

Là, sans cesse frappés comme des animaux,
Forcés de se livrer aux plus rudes travaux,
Sans air, sans vêtements, sans pain et sans chaussures,
Endurant nuit et jour de terribles tortures,
Résignés et meurtris, pour terminer leur sort,
Ils demandaient à Dieu les bienfaits de la mort ;
Car ils avaient perdu, dans les flancs noirs du gouffre
L'espoir ! ce dernier bien du malheureux qui souffre.


Ils croyaient avoir bu le plus pur de son sang,
Quand tout-à-coup, bras nus, terrible, menaçant,
Les yeux creux, l'air hagard, pâle comme un fantôme,
Furieux, il se lève en masse comme un homme
Brandissant dans les airs sa chaîne aux lourds anneaux
Pour en stygmatiser le front de ses bourreaux,
Il lui faut, à tout prix, briser un joug infâme,
Et pour y parvenir, il prépare un grand drame.
Dans les villes, aux champs, on entend retentir
Ces mots désespérés : Vivre libre ou mourir !
On entend des Krapaks jusques à la Baltique,
Les échos répéter ce refrain magnétique,

De l'hymne belliqueux qu'on chantait à Praga :
Qui mourra sera libre, et qui meurt l'est déjà (1).
Un frémissement sourd, vague, indéfinissable,
Comme un vent du désert qui passe sur le sable,
Annonce un ouragan ; ce grand peuple épuisé,
A ce signe effrayant se sent galvanisé.
L'aigle de la Pologne au sommet des bannières,
Reprend son vol au bruit des trompettes guerrières;
Fière comme jadis, lorsqu'elle s'envola
Des champs de Borizof aux plaines d'Iéna,
Ils sont mille contre un : qu'importe? le courage
Ne dénombre jamais quand il s'agit d'outrage.
Ils sauront suppléer, forts de leur dignité,
Au nombre par l'audace et l'intrépidité,
Ils sont las d'obéir à l'Autriche ennemie.
Ne préfère-t-on pas la mort à l'infamie?
Quel spectacle ! partout chrétiens, juifs, protestants,
Esclaves, ouvriers, bourgeois, nobles, paysans,
Femmes, enfants, vieillards, au nom de la patrie,

---

(1) La Varsovienne de Casimir Delavigne a été traduite en polonais.
C'est en entonnant ce chant guerrier que les héros de la guerre de l'in-
dépendance taillaient en pièces les escadrons russes.

De leur mère enchaînée, expirante, meurtrie,
Invoquant les martyrs tous au son du tocsin
S'arment pour s'affranchir du poignard assassin.
Immortelles leçons, magnifiques exemples,
Le crucifix en  main, les prêtres dans les temples
Bénissent les drapeaux, puis ils se font soldats,
Désertent les autels et volent aux combats.
Plus de distinction, titres, rang et fortune,
Ils ont tout confondu pour la cause commune;
Visant au même but par les mêmes moyens,
Ils  ont tous à l'envi des cœurs de citoyens.
Pléiades de héros, dignes des temps antiques,
Ils  avaient à livrer  des combats titaniques,
Comme on n'en vit jamais, dans ce choc éclatant,
Ils tombèrent..... du moins ce fut en combattant;
Semblables aux trois cents immortels de la Grèce
Pour qu'on pût lire un jour, dans une sainte ivresse,
Au milieu d'un poteau sur leur tombe planté :
Nous sommes tous ici morts pour la liberté !


La hyène au fond des bois, d'os et de chair gorgée,

Digère son repas sur sa proie égorgée ;
Puis, respirant l'odeur du sang à plein naseau,
Dévore sans quitter jusqu'au dernier morceau.
Ainsi fit un vieillard de sanglante mémoire,
Le chef des égorgeurs que flétrira l'histoire.
L'infâme Metternick dans le crime exercé
Voulut manger aussi, fidèle à son passé,
Comme les carnassiers en en flairant la trace,
Tout entier le cadavre avec sa dent rapace.


Une ville restait, cher et sacré lambeau
Comme une croix funèbre au-dessus d'un tombeau.
De l'antique Pologne antique sentinelle,
Foyer d'où s'échappait encore une étincelle,
Temple religieux, à la fois consacré
Qu'adoraient les débris d'un peuple massacré,
Tabernacle sauveur, relique vénérable,
Arche qu'ils chérissaient d'un amour ineffable;
Car sous sa voûte en deuil, ce monument pieux
Gardait avec respect la cendre des aïeux.
Tous ceux qui sont battus sur les mers politiques

Par les flots en courroux des tempêtes publiques;

Phalanges de guerriers au cœur trempé d'airain

Malheureux parias que talonne la faim,

Et qui depuis quinze ans sur les deux hémisphères

Semblables aux lépreux colportent leurs misères,

Rêvaient, pour adoucir dans leur âme flétrie

Des chagrins trop poignants à leur chère patrie,

A des temps plus heureux, et ce doux souvenir

Raffermissait en eux l'espoir dans l'avenir,

Et leur faisait, hélas, sur leur roc solitaire,

Oublier les ennuis de la terre étrangère.

Rêves des exilés désormais superflus,

Cette ombre de bonheur pour eux n'existe plus.

La rage des tyrans n'était pas assouvie

Il leur restait encore à frapper Cracovie.


Lorsqu'après Vaterloo, par les Russes traîné,

Le tombereau royal chez nous eut ramené

Pour la deuxième fois cette race maudite,

Qui depuis fut encor pour ses forfaits proscrite

Et qui dans le succès perd toujours la raison,

Les barbares du Nord, vainqueurs par trahison,
Exercèrent sur nous une vengeance prompte,
En bâclant un traité qui nous couvrit de honte.
Il était stipulé dans ce pacte infamant
Qu'entr'eux ils s'engageaient tous très-formellement
A ne jamais porter la main sur Cracovie,
A laquelle il faisait l'aumône de la vie.
L'article six est clair, il dit : « Cette cité
Sera dès aujourd'hui libre à perpétuité,
On ne pourra jamais, et *sous quelque prétexte*
*Que ce soit*, y toucher. » Je rapporte le texte.
Eh bien! qui le croirait? l'acte infernal des rois
Qui fut signé par cinq est déchiré par trois.
Ivres de leurs succès, ils ont osé, quand même,
Cracher sur des mourants cet odieux blasphème :
Ce pacte solennel, flagrant d'iniquité,
Que nous avons à tort si longtemps respecté,
Hors-d'œuvre européen que la Sainte Alliance
Trama sournoisement dans sa sourde vengeance,
Renfermait, comme on voit, pour ce peuple vaincu,
La clause qui restait son ancre de salut,
Et d'où sa liberté pouvait plus tard renaître,
Par un noir attentat ils l'ont fait disparaître.

Tant mieux, ils apprendront un jour à leurs dépens
Tout ce que peut coûter un lâche guet-à-pens.
Prenons acte du fait, et puisqu'on nous y force
Nous saurons bien comme eux recourir à la force.
Quand un homme égaré, le poignard à la main,
Déclare ouvertement la guerre au genre humain,
On le prend, et bientôt une tête abattue
Tombe au pouvoir de l'homme à qui la loi dit : Tue!
Et lorsque des brigands, des monstres exécrés,
Sabrent insolemment les droits les plus sacrés,
Lorsque, pour assouvir leur frénétique rage
Ils proclament le vol, le meurtre et le carnage,
Lorsque, jetant le gant au peuple épouvanté,
Ils bravent Dieu, les lois, la sainte humanité (1),
Lorsqu'ils osent enfin, dans leur sauvagerie
Transformer la Pologne en une boucherie;
Nous qui fûmes toujours les zélés défenseurs

---

(1) M. Sieracinski, prêtre polonais exilé en Sibérie, fut condamné pour avoir tenté de s'évader à recevoir *sept mille coups de bâton* ; au moment de l'exécution il se livra à ses bourreaux avec la résignation d'un chrétien en chantant le psaume *miserere mei Deus* ; il tomba après avoir reçu mille coups ; il respirait encore au quatre millième ; un peu plus tard il rendit le dernier soupir ; plus de deux mille coups furent reçus par son cadavre ; par ce seul fait, sur mille, on peut se faire une idée de la cruauté de Nicolas.

Des faibles opprimés contre leurs oppresseurs,
Nous qui devons un jour régénérer le monde,
Par l'amour qui soumet et l'esprit qui féconde,
Et qui pour châtier fûmes toujours munis
D'un fouet, nous laisserions ces forfaits impunis?
Rester froids spectateurs d'un pareil sacrifice
C'est en prendre sa part, c'est s'en rendre complice.
Non, non, quand il faudra leur porter le grand coup,
Nous irons en passant par l'Autriche à Moscou,
Et là nous planterons, en l'honneur des victimes,
Au faîte du Kremlin, témoin de tant de crimes,
Un étendard funèbre avec leurs os en croix
Qui sera pour toujours l'épouvante des rois.


En attendant ce jour, Pologne bien aimée,
Nous te donnons nos cœurs à défaut d'une armée.
Malgré tous tes malheurs ne désespère pas,
Tout peuple valeureux est vainqueur du trépas,
Dans sa toute bonté Dieu ne veut pas qu'il meure.

Va , pour ta délivrance il a marqué ton heure,
Au mystique cadran quand elle sonnera;
Victime qui gémis au nouveau Golgotha
L'excès de tes douleurs redoublant ton courage,
Belle comme autrefois, pour sortir d'esclavage,
Livre à tes assassins un neuvième cartel,
Tu ne périras pas, le droit est immortel !

Louis CAMATTE.

Paris. — Imp. de E .Bautruche, rue de la Harpe, 90.